KB041878

인삼반가사유상

천년의시 1001
인삼반가사유상

1판 1쇄 펴낸날 2014년 3월 31일
지은이 배우식
펴낸이 채상우
디자인 정선형
펴낸곳 (주)천년의시작
등록번호 제301-2012-033호
등록일자 2006년 1월 10일
주소 100-380 서울시 중구 동호로27길 30, 413호(묵정동, 대학문화원)
전화 02-723-8668
팩스 02-723-8630
홈페이지 www.poempoem.com
이메일 poemsijak@hanmail.net

ISBN 978-89-6021-200-8 04810
978-89-6021-105-6 04810(세트)

값 9,000원

*이 책의 국립중앙도서관 출판시도서목록(CIP)은 서지정보유통지원시스템 홈페이지(http://seoji.nl.go.kr)와 국가자료공동목록시스템(http://www.nl.go.kr/kolisnet)에서 이용하실 수 있습니다.(CIP 제어번호: CIP2014009875)
*후원 서울문화재단

인삼반가사유상

배우식 시조집

천년의 시작

시인의 말

오랫동안 캄캄했다.
이제 비로소 활짝,
환하게 열리는 느낌이다.

차례

제2부

제3부

제4부

제1부

연꽃우체통

바깥소식 궁금해진 버들붕어 송사리가
연못 속 꽃봉오리 하나 둘씩 밀어 올린다.

어느새 세상에 앉아
제 몸 여는 빨간 연꽃.

일제히 물고기의 말들이 날아오른다.
사람의 마을 향해 환하게 열려 있는

저 꽃은 빨간 우체통,
두근거리며 바라본다.

편지를 배달하는 체관 물관 분주하고,
글 읽는 말간 눈의 물고기가 보인다.

오늘도 연꽃우체통에
편지 한 통 넣는다.

도라지꽃 편지

해거름에 화물칸 같은 편지가 도착했다.
산골 사진 우표 붙여
보내온 누이 소식.

백색의 편지 봉투를 덜컥,
문처럼 열어 본다.

그 순간 내 어둡고 허기진 눈 속으로
흰 꽃 와락 쏟아지고
향기 가득 차오른다.

도라지, 부르는 입술 사이
종소리가 피어난다.

꽃잎으로 안부를 싼 편지지 펼쳐 놓자
종이 위엔 글도 없이
하얀 별만 떠 있다.

도라지, 도라지꽃 편지가
환하게 날 울린다.

감꽃아버지

감나무 속으로 아버지가 들어갔다.
그해 봄 문득 들리는 발자국 자박 소리,
눈 씻고 뒤돌아보면 환한 눈빛 감꽃이었다.

아득히 그리운 길 한 바퀴 돌 때마다
출렁출렁 차오르는 아버지 저 살냄새.
그 바다 오르내리며 만남을 꿈꾸었다.

눈 감아도 눈 속으로 파고드는 울 아버지.
감나무 안다는 듯 말랑말랑 붉어지고
나에게 속살을 살짝, 드러내 보여 주었다.

감나무 문밖으로 홍시가 걸어 나왔다.
늦가을 간절한 듯 붉게붉게 익은 얼굴,
달려가 바라다보면 환한 눈빛 아버지였다.

억새

1
단풍잎 후둑후둑
떨어지는 소리 위로

한마디 말도 없이
갈바람 걸어와서

투명한 손가락으로
억새 몸 토닥인다.

2
오래된 적요 깨고
고개 든 한 사내가

희끗한 머리카락
깃털처럼 휘날린다.

새의 피 흐르는 몸이
꿈꾸듯 날갯짓한다.

고요한 절규
—최고은●의 죽음 앞에서

한 사람의 울부짖음,

고요하게 나부낀다.

굶주린 방 절규의 섬,

오던 새도 오지 않고…….

먹새벽, 쌀밥 같은 흰 눈에

눈물 쏟아 먹고 있다.

●시나리오작가. 굶주림 등으로 32세에 요절하였다. 죽기 전 이웃에게 쓴 쪽지에는 “몇 번을 망설였는데…… 저 쌀이나 김치를 조금만 더 얻을 수 없을까요……”라고 적혀 있었다.

화사한 어둠

발밑에서 한 어둠이 펄펄 끓기 시작한다.
한순간 가슴까지
차오르는 캄캄함이
마침내 눈에서 만개한다, 화사한 실명이다.

불에 탄 비닐 옷처럼 눌어붙은 눈 속 암흑.
더듬, 더듬, 더듬대는
손발 고통 뼈 깎는다.
그런 밤 상상의 문턱에 배 한 척 밀려온다.

밤하늘 짙게 서린 어둠 속 돌아가는
스크루는 시조 꽃잎,
날개깃을 달고 간다.
잠함 속 흘러온 별빛 소리 눈의 어둠 부서진다.

밤하늘 잠수함 속 잠망경 내다본다.
홀연, 상상 밖으로
쑥 내민 내 눈 속에
별의 손, 제 눈을 꺼내 명랑하게 넣어 준다.

아내

시뻘겋게 달궈져야
순백자가 아름답다.

고요의 색 순백색은
볼수록 눈부시다.

맨주먹, 뜨겁게 살아온
당신 또한 그렇다.

아주 작은 어처구니 1
—축구 선수 최종 선발전

쇠말뚝과 공을 들고 어처구니 입장한다.

돈도 없고 말만 많은 거지 같은 사람들아, 경기장에 오지 마라. 우쭐한 목소리의 어이없는 어처구니, 눈알 한 번 전후좌우 또 한 번을 이리저리 공처럼 굴리다가 일순간에 나에게로 쏘아 대는 눈총 탄알 에라 씨발, 덤벼 봐라. 뿔난 수소 이마처럼 내 이마가 받아친다. 공은 높이 떠오르고 영중 입단 선발전에 푸른 꿈의 선수들이 이쪽저쪽 공을 차며 닦은 기량 겨루는데 어머나, 사배자*석 어처구니 느닷없이 으쓱으쓱 시합장에 뛰어든다. 비켜라 내가 간다. 고래고래 호령호령 단독으로 공을 몰며 뙤똥뙤똥 뛰어간다. 마지막 골인 지점 삼 미터 앞 공을 세운 어처구니 반칙왕이 급하게 성급하게 아들 이름 불러 댄다. 아들은 촐랑촐랑 키퍼 없는 골문으로 엉겁결에 공을 찬다. 골인! 골인! 입단 확정! 쇠말뚝 쾅쾅 박고 달려가는 어처구니, 아들 뒤를 주심이 따라가며 호각 한번 길게 분다. 떨어진 선수들은 선수들을 벗어 놓고 글썽글썽 돌아간다. 폭탄 같은 말을 썰어 친친 감은 공 하나를 멀리멀리 길게 찬다. 축구공이 그들 뒤를 바짝바짝 따라간다.

저 폭탄, 어처구니 입에서 왁자지껄 자라난다.

• '사회적 배려 대상자'의 줄임말.

아주 작은 어처구니 2
—축구 선수 최종 선발전 이후

어처구닌* 폭탄 같은 공이 문득 겁이 난다.

그렇지만 그까짓 거 영운중학 축구 선수, 기가 막힌 내 아들이 스마트한 유니폼에 삐까번쩍 축구화로 느는 것은 실력이고 쌓이는 건 자랑인데, 주심의 봐주기식 주관적 경기 진행 그게 뭐가 문제인가. 우우우 후후후후 신나서 미치겠다. 오오오 호호호호 좋아서 미치겠다. 어처구니 조동아리 끊임없이 중얼중얼 끝도 없이 종알종알 안으로 안으로만 폭죽처럼 터뜨린다. 저 말 모두 용접하여 튼튼 탄피 만든 후에 상처받은 선수들의 억울한 눈물 폭약 조심조심 채워 넣고, 쇠말뚝 뽑아 만든 분노 뇌관 장착한다. 완성된 폭탄 하나 가슴에 품은 줄을 아직도 모르는지 이 땅의 어처구니 계속해서 재잘재잘 조잘조잘 지껄인다. 바람아 물어보자, 득점 조작 부정 입단 언제 내가 그랬느냐. 모른다, 난 모른다. 공처럼 부푼 말이, 팽창하는 거짓말이 괴물처럼 떠오른다. 즉시 폭탄 발사한다. 이기적인 세계관이 일시에 폭발하고 위선의 웃음소리 헤헤 헤헤 쏟아진다. 스스로 벗어던진 백넘버 15번의 찢어진 유니폼을 폭풍우 빗방울이 때리고 지나간다. 잃었던 입을 찾은 선수들이 웃는다, 축구장이 웃는다.

입에서, 햇빛 같은 잎들이 무성하게 돋아난다.

•상상보다 큰 사람.

청년이 펄럭인다

한 청년이 옷소매에

넣어 준 새 한 마리.

푸른빛의 커단 날개

어깨에서 돋아난다.

아직도 쉰 살의 날개 속엔

그 청년이 펄럭인다.

나비파랑

장애인 노부부가
국밥 서로 떠먹인다.

뒤틀리고 흔들리며
오고 간 손길 끝에

고요히 매달려 있는 파랑,
나비 되어 훨훨 난다.

자전거는 둥근 것을 좋아한다

페달을 밟자마자 나뒹군 내 몸뚱이.
채인 몸 움켜쥐고
뒤돌아 바라보자
후다닥, 제 몸속으로 발을 넣는 자전거.

저 자전거 꿈속까지 백만 석공 이끌고 와
번쩍이는 정을 들고
구석구석 톺아보며
내 속의 네모난 바퀴 둥글둥글 다듬는다.

'둥긂'은 삶의 이치 이제 겨우 깨닫고는
모난 마음 내던지고
환한 눈길 보내 주자
자전거, 새끼 업은 어머니 그 품새로 달려간다.

오늘도 핸들 잡은 오른손과 왼손 사이
둥근 달 앉혀 놓고
거울 보듯 바라본다.
쉰 고개 헤쳐 가는 삶 두 바퀴가 둥글다.

고래

1
밤안개가 밀물처럼
골목으로 밀려온다.

버스가 잠겨 가고
선술집도 잠겨 갈 때,

고래가 안개 바닷속을
비틀비틀 헤엄쳐 온다.

2
손 놔라, 이 손 놔라!
부축한 날 뿌리치고

검은 등의 아버지가
동쪽으로 날솟는다.

새벽이 고래 등 타고
환하게 날아온다.

참으로 신기하다

1
주먹손 활짝 펴면
참으로 신기하다.
갑자기 산새들이 튀어나와 지저귀고,

나무들 쓰윽 솟아올라
푸른 산을 만든다.

산과 산 사이사이
손바닥 줄무늬 손금,
이렇게 작고 예쁜 산골짝은 처음 본다.

산골 물, 물빛이 하도 맑아
버들치가 보인다.

2
손바닥은 긴 편지다,
이제껏 자신에게 쓴.
골짜기 물소리 담은 어머니의 편지 속엔

물고기, 산새를 태운 채
환하게 날고 있다.

모란꽃살문 열면

모란산 입구 한쪽 줄지어 피어 있는
화사한 모란꽃들, 연분홍 꽃살문 같다.

그렇다! 저 문 활짝 열면 꽃이 핀다, 온화의 꽃.

산이 곧 대웅전이다, 세 마리 학 날고 있는.
맑고 환한 날개 위에 이지의 빛 싣고 와서

무연의 내 몸속에도 알약 봉지 쏟아붓는다.

이제야 풀잎처럼 낮추며 몸 낮추며
머리에 선혈 이고 모든 것에 절을 한다.

척박한 내 하늘에도 별 하나 떠오른다.

손등이 날갯짓한다

샐녘까지 문호에게
시학의 길 묻고 있는데,

갑자기 우짖는 소리,
방 안으로 뛰어든다.

저 멧새 노랫소리를
두 손으로 받는다.

날개가 느껴지는
펜 쥔 손의 날갯짓으로

수만 개 등불을 단
시의 길이 날아오른다.

손안의 산새 소리가
문학론보다 경이롭다.

어느 노부부 사랑법

강화 장날 친구 만나 건배하는 할아버지,
거나해진 벚나무도 연분홍 꽃 만발이다.
장터를 돌던 발길이 빵집 앞에 문득 선다.

등에 걸친 햇살 옷이 어느덧 노을빛이다.
찐빵을 품고 가는 가슴에는 등불 켜지고
그 밤길 걷는 할아버진 어두워지지 않는다.

마중 길, 할머니는 어둠 속 멀리 보려
잠망경 꽃대 올린 민들레 이고 간다.
이윽고 할배 눈 속에 할매가 뛰어든다.

집으로 가는 길은 정도 더 도타워진다.
둥글둥글 찐빵 한 입 먹여 주는 할아버지.
어느새, 할머니 대신 만월 하나 떠 있다.

목련꽃 만나다

겨우내 보이지 않던
오래된 내 여인이

순백의 옷을 입고
허공에서 걸어온다.

옷깃에 바람이 펄럭,
향기가 아찔하다.

꽃 피는 소리들이
뛰어드는 이 사월에

명랑한 그녀 손이
언 몸을 열어젖히자

환장할, 봄 무늬 꽃이
내게로 확, 펼쳐진다.

힘내세요, 복어 씨

사나이가 복어처럼 배 빵빵 부풀리며
주먹을 불끈 쥐고 기세등등 소리친다.

와다닥, 문 열어라, 열어!
벼락같이 열어라.

빼꼼 열린 문틈으로 독수리 눈 보는 순간
가슴 철렁 갈팡질팡 겁이 덜컹 허겁지겁.

입 뾰족, 내민 둥근 몸이
떼굴떼굴 굴러간다.

으하하 똥똥 요것 도대체 무엇인가.
이리 봐도 기기묘묘 저리 봐도 괴상망측

마누라, 질풍처럼 내달려 와
오른발 슛 날린다.

아슬아슬 베란다 끝 떨어진 그곳에서
쏟아지는 달빛 물결 거슬러 올라가는

사내의 지느러미가
눈물 나게 환하다.

가지치기, 뜻밖에 달뜬다

작고 얇은 손 떨림이 발등 위에 포개진다.

잘려 나간 가지 보며
울고 있는 사과나무,

바람이 울음의 상처 속에 꽃 핀다는 걸 알려 준다.

삭정이며 병든 가지며 난 모두 잘라 낸다.

견뎌 온 아픈 시간도
웃자란 쓸쓸함도.

내게 든 어둠 자르는 전기톱이 윙윙댄다.

꽃 무더기 확, 피어난 몸 하나가 혼절하고,

어느새 꽃 진 자리
푸른 사과 맺혀 있다.

난 빨간, 등불 사과 꿈꾸며 지나새나 달뜬다.

제2부

봄비
—박인수* 형에게

텅 빈 몸의 종이 낙타
비에 젖어 길 걷는다.

깊고도 아픈 기억
모두 다 씻어 내고

열창의 강에 띄우는
환한 빛 '봄비' 등불.

흐느끼듯 타오르는
불꽃의 저 노래가

빗물 같은 눈물 되어
내 귀에 떨어진다.

말없이 울다 눈 뜬다,
젖은 낙타 웃는다.

* 「봄비」를 부른 가수. 기억상실증을 앓고 있다.

메밀꽃밭

잔별이 입안 가득 어둠을 물고 있다.
포근 품은 어둠덩이 빛으로 부화되어

마침내 작은 별이 활짝, 입 벌려 빛 쏟는다.

아래로 날아오는 투명한 빛의 날개
또다시 허공 어디쯤 고운 풀로 변해 간다.

별빛은 꽃 피는 소리로 눈부시게 반짝인다.

빛 배인 하얀 꽃잎 공중에서 뛰어내려
저렇듯 메밀꽃밭 은하처럼 펼쳐 놓는다.

저 꽃밭 하도 황홀해 고요도 숨 멎겠다.

개나리와 할머니

축대 밑에 앉아 있던 할머니의 의자 위에
개나리가 제 그림자
겹겹이 깔아 놓는다.
바람도 그림자 밟지 않고 떨어져 지나간다.

치매 앓던 할머니가 떠나 버린 허공 열자
그 속에는 개나리꽃
꽃들이 수북하다.
샛노란 할머니의 향기, 눈물처럼 쏟아진다.

겨울이 왔는데도 개나리 줄기들이
날마다 뛰어내려
그리움을 휘젓는다.
내 손도 가만 내밀어 그 허공에 넣어 본다.

노란 꽃등

꽃 하나 필 때마다

섬 점점 밝아진다.

노란 꽃불 켜진 창

두드리며 오는 사월

유채꽃, 내 기억 속 빛나는

제주도 노란 꽃등.

겨울 깃참나무의 꿈

1

깃참나무* 잎이 진 후 움푹 팬 텅 빈 자리,
그 공중에 날개무늬 투명하게 찍혀 있다.
파드닥, 날갯짓 소리 조용조용 들려온다.

소리의 파장으로 나는 벌떡 일어서서
작고 여린 두 손 모아 허공을 감싸 본다.
정말로 거기 마법처럼 깃털이 만져진다.

저 나무는 활짝활짝 날개 펴는 커다란 새,
높바람 몇이 모여 수군대다 사라지자
선명한 허공의 날개가 햇살처럼 눈부시다.

2

가만히 눈 맞으며 봄빛 품는 깃참나무,
잎이 진 자리마다 날개 돋는 꿈을 꾼다.
저 남자, 날개 펼치고 천천히 날아오른다.

* 신갈나무의 일종으로 잎이 새의 깃을 닮았다.

칠산바다의 석양

저 아라로 뉘엿뉘엿

떨어지는 석류 한 알.

저기 저 저것 좀 봐.

빠개 젖힌 가슴에서•

알알이 튀어 오르는

환한 문장들, 앗! 시다.

•조운의 「석류」에서 차용.

내 이름은 민들레

내 안에는 지하방의
슬픈 사연 켜져 있다.

'내 이름은 다문화, 다문화가 아닙니다.' 바닥에 방바닥에 깊게 새긴 아픈 자국 오열하는 문장 하나 아야, 아야 소리치며 지하방 방바닥을 어머니가 기어간다. 검은 피부 어머니는 언제나 다문화 어디서나 다문화, 말이 서툰 어머니는 조롱 경멸 다문화 무시 야유 다문화, '다문화'가 이름이다. 차별 이름 '다문화'에 맘이 죽은 어머니, 스리랑카 내 어머니 '다문화' 끌어안고 끝내는 몸이 죽어 이 하늘을 날아간다. 새가 되어 소쩍소쩍 울면서 날아간다. 2세인 나에게도 같은 반 친구들이 멸시하듯 '다문화' 부르면서 지나간다.

환하게 내 이름 민들레,
불러 줄 날 기다린다.

나무새는

산골짝 물소리에
몸을 씻는 굴참나무,

얼마나 갈망했으면
날개가 돋았을까.

봄바람 바람결 따라 퍼덕이는 저 비상.

나무새는 밤이 와도
날개를 접지 않는다.

정신없이 한참 동안
바라보는 눈 속에는

빛 고운 초록 새 한 마리 환하게 떠오른다.

팔미도

1

저 섬은 손이 없다, 통증이 반짝인다.
파도의 손자국이 상처 되어 절벽 돼도
서로가 젖은 마음 내밀어 동여매고 버틴다.

2

내 꿈속에 들어온 발,
가만가만 잡아당기자

섬 하나가 딸려 나온다,
깜짝 놀라 두 눈 뜬다.

갑자기 팔미도* 사라지고,
한 사내가 앉아 있다.

3

누군가 내 몸 위에 등대 하나 세운다.
파도는 바다 햇빛 손에다 쥐여 주고
난 밤새 그 무구한 햇살 환하게 내뿜는다.

* 인천에 있는 국내 최초의 등대가 있는 섬.

종이학을 날리다

종이처럼 납작해진 병상의 어머니를

의사가 몇 번이고 접었다 펴 놓는다.

어머닌 목만 길어져 학의 목을 하고 있다.

얇고 흰 숨 느닷없이 멈추고 간 어머니가

오늘 아침 가슴속에 복제되어 살아난다.

어머니, 태운 종이학 하늘 높이 날린다.

개똥벌레

꿈꾸는 몸속으로 반딧불이 날아든다.
어두운 아랫배가 반디 따라 빛을 내자
날개 단 두 어깨가 활짝, 어둠 속을 날아간다.

내 불빛 따라다니며 일어서는 오솔길들.
아득히 뒤돌아보면 다시 캄캄 누워 있다.
꿈 찾아 날아가는 길 그리 멀고 또 멀다.

살 찢어 몸 밖으로 밀어낸 반딧불이.
갓밝이 열린 하늘로 날려 보낸 잠시 후에
두 활개 휘저으며 오는 해, 새 환한 개똥벌레.

왕겨 불 같은

—사랑하는 아내에게

사랑이 은근함이

날 사랑 포근함이

꿈에서도 첩첩 불꽃

아내가 타오른다.

사랑해! 말하는 입술 위로

'행복'의 달 떠오른다.

할미꽃

전동차 조심조심 올라타는 할머니를
겨울역이 바라보며 나에게 손짓한다.
꽃 심듯 백발 할머니 빈 의자에 심는다.

양지바른 산 하나를 가슴에다 그려 주고,
속에서 살짝 꺼낸 따뜻한 봄 하늘은
할머니 머리 위에다 물 뿌리듯 뿌려 준다.

이제 막 도착한 역은 화창한 봄역이다.
슬쩍 옆을 살피는데 어머머 기가 막혀,
할머니, 꼬부랑 할머니가 꾸벅꾸벅 꽃 피운다.

가만히 고개 숙인 자주색 꽃 속에서
도탈한 듯 겸손 향수 무덕무덕 쏟아진다.
환하게 불 밝힌 열차는 한강을 건너간다.

암탉

1
땅바닥에 나뒹굴던

달걀은 암탉 만나

두 날개 밝고 고운 병아리로 태어난다.

배 아래 나를 품어 줄

저런 암탉 어디 없을까.

2
나 또한 암탉 되어

누군가를 품어 주어

죽은 듯 쓰러진 사람 온기를 다시 켜고

가슴에 따뜻한 사랑,

익어 가게 해 주고 싶다.

탑의 말씀
—감은사 터에서

거센 파도 갑작스레 절터로 밀려오자,

동해 새벽 햇살처럼 퍼져 오는 피리* 소리.

눈 감고 보듬어 보는 신문왕의 힘찬 입김.

감은사 터 지키고 선 늠름한 느티나무,

매복한 병정들이

피리 소리 신호 따라

일제히 초록 잎 방패 들고 파도를 물리친다.

누군가 등 뒤에서 날 불러 돌아보자,

동서의 삼층석탑

어느새 사라지고

그때 그 용**이 왔는지 두 뿔 들어 올린다.

무슨 말 하고 싶어 저 간절한 모습일까.

'言 · 자 · 뿔'의 형상에서 귀한 말씀 피어나고,

겹겹의 맑은 향기가 내 안에 스며든다.

* 만파식적(萬波息笛).
** 문무왕이 죽은 후에 용이 되어 왜구를 지킨다고 하였으며, 그의 아들 신문왕은 감은사 본당인 금당 아래에 물길을 내어 용이 출입할 수 있도록 하였다.

작품에 손대지 마시오

상가 골목 노숙자가
덮고 있는 종이 상자,

그 위에 삐딱하게 쓴
'작품에 손대지 마시오.'

시장의 맵찬 눈보라만
그를 가끔, 들춰 본다.

죽전역을 지나간다

꿈꾸는 가슴속엔
꽃봉오리 맺혀 있다.

전철 안 사람들은 염원하는 나무 같다. 가슴속엔 한 무더기 꽃봉오리 들어 있다. 꿈꾸는 꽃대들이 가슴속 꽃봉오릴 하나씩 또 하나씩 살짝살짝 밀어 올려 밖으로 내보낸다. 칸칸마다 시끌벅적 덜컹덜컹 흔들려도 전동차 안 사람들은 사랑 꿈 짙게 풀어 활짝, 활짝 꽃 피운다. 그때마다 꽃송이가 발걸음이 발걸음에 이리저리 떠밀려서 한 꽃잎이 다른 꽃잎 건드리고 부딪쳐도 가지 위엔 웃음꽃이 소복소복 쌓여 있다. 지하철 안 올망졸망 나무들의 가지 위엔 따뜻한 꿈들이 웃음꽃에 휘날린다.

꿈꾸는 나무들의 전동차,
죽전역을 지나간다.

아름다운 챔피언

―청도 소싸움 경기장에서

뚝심의 젊은 소가 밀치기로 공격한다.
주춤주춤 밀려나는 챔피언 늙은 황소,

일순간 으라차차차! 머리치기 반격한다.

늙은 소의 연타 뿔치기
여세 몰아 들치기 공격,

화려한 공격 기술
관중들은 환호한다.

마침내 마무리 공격하다
문득 멈춘 챔피언 소.

가만 서서 역공당하는 늙은 소는 알고 있다,
한쪽 눈먼 젊은 소가 자신의 자식이란 걸.

아버지, 고독을 덮어쓰고 화려하게 퇴장한다.

배꽃 가족

투명한 웃음이 무한히 부푸는 가족,
배나무 주택에는 삼대가 모여 산다.

사월이 수액을 타고
집 안으로 들어온다.

가족들 모두모두 거실로 뛰어나와
꽃 꿈을 흔들면서 계절을 맞이한다.

작고도 가냘픈 손목
환하게 반짝인다.

방마다 탁탁탁탁 스위치가 올라가고,
웃음이 폭발하는 자리마다 배꽃 핀다.

온 가족, 흰 꽃잎 깊은 속에
달 하나씩 품고 있다.

함박눈

함박눈이 내립니다,
아픔 모두 덮어 줍니다.

번져 오는 흰빛 향기에
웃음소리 반짝입니다.

아내가 함박눈으로
쏟아지고 있습니다.

제3부

인삼반가사유상

1
까만 어둠 헤집고 올라오는 꽃대 하나,
인삼꽃 피어나는 말간 소리 들린다.
그 끝을 무심히 따라가면 투명 창이 보인다.

2
한 사내가 꽃대 하나 밀어 올려 보낸 뒤
땅속에서 환하게 반가부좌 가만 튼다.
창문 안 들여다보는 내 눈에도 삼꽃 핀다.

무아경, 흙탕물이 쏟아져도 잔잔하다.
깊고 깊은 선정삼매 고요히 빠져 있는
저 사내, 인삼반가사유상 얼굴이 환히 맑다.

3
홀연히 진박새가 날아들어 묵언 문다.
산 너머로 날아간 뒤 떠오르는 보름달
그 사내 침묵 사유 만발하여 나도 활짝, 환하다.

칸나꽃남자

1

초록의 앞가슴이 느닷없이 팽창한다.

우르르 마그마가

왈칵왈칵 솟구치자

한 사내 울부짖듯이 용암을 토해 낸다.

2

바람이 엉겁결에 불꽃 위에 앉으려다

발바닥이 데인 듯

화들짝 뛰어오른다.

그래도 나, 저 불길에 확! 옮겨붙고 싶다.

3

활화산, 저 사내 시마 걸린 그 마음에

투명한 날개 달자

화르르 날아오른다.

그 바닥 몇 줄 남기고 간 문장이 꽃 빛이다.

상처는 반짝

번갯불이 쉰 살의
소나무 그림자를

험준한 기암절벽에 무참하게 내던진다.
솔잎의 남자 어깨가 뚝, 부러져 떨어진다.

끝없이 추락하다
시마에 걸린 상처.

몸속에 고여 있다 뛰쳐나온 속울음이
그곳에, 굳어 빛나는 송진 문장 새긴다.

솔방울 울던 날에
눈물이 부르는 소리,

귀 밝은 어둠이 무더기로 뛰어내린다.
오래된 상처는 별 같다, 남자가 반짝인다.

단풍도 잘 들면 꽃보다 낫다

1

바람이 소리 없이
산으로 다가와서

가을을 뿌려 놓고
말없이 지나간다.

아내가, 저물녘 억새 빛
가만 떠서 물들인다.

2

늙은 아내 머리카락
은빛으로 펄럭이고

가슴속엔 놀빛 단풍,
문장도 따뜻해진다.

저렇게 단풍도 잘 들면
꽃보다도 낫겠다.

청동거북

녹이 슨 거북이가 청동거울 바깥으로
발 하나 내밀고선 한 발짝 또 한 발짝,

내 꿈속 깊이 들어와 내 얼굴을 보듬는다.

깜짝 놀라 일어나서 만져 보는 동경 하나,
날 닮은 거북이가 캄캄했던 그 세월을

맨발로 밀어내는지 녹슨 조각 떨어진다.

밤처럼 어둔 시간 껴안고 산 청동거북,
첫새벽에 눈 내밀고 새 숨을 토해 낸다.

거북의 환한 미소가 티끌 없이 빛난다.

거북같이 실명 어둠 털어 내는 나를 보며
아내의 눈에서도 오랜만에 눈물 꽃이

무더기, 무더기 피어 거울처럼 반짝인다.

햇빛 향기

병든 아내 울음소리

빨랫줄에 걸어 놓자

햇빛이 먼저 알고

젖은 어둠 파고든다.

환하게 물드는 아내

햇빛 향기 솔솔 난다.

감나무교향악

녹색 옷, 새 옷 입은 저 감잎 연주자들.
깊숙이 간직해 온 관현악기 꺼내 들고
단박에 조율하느라 어깨마다 들썩인다.

우듬지 새 줄기가 신호처럼 올라가자
폭풍 치듯 격정적인 연주가 시작된다.
화들짝, 놀란 별들이 조명 한층 높인다.

새 떼처럼 날아오른 선율이 폭발하고
감꽃들 뛰어나와 불꽃 뿜듯 합창한다.
혼연히 한데 어우러져 악보 위를 휘달린다.

교향악 저 속으로 나, 풍덩 뛰어든다.
메마른 몸에서도 환희 열매 열리고,
합주로 발그레 익은 홍시 등불 내건다.

오독을 깨물다

1
“지나온 발자국들 시에 부어 주조했네.”
이 말 함께 건네받은 시집 읽고 나는 쓴다.
빈 이삭 무성한 시집,
한 필지 벼논 같다.

문장마다 눈물 배인 책장 다시 펼쳐 보자
꽥 꽥 꽥 울고 있는 시구 솔솔 사라진다.
내 손은 고고학자처럼
조심 발굴 시작한다.

표층의 빈껍데기 살금 붓질 벗겨 내자,
우렁이 꽉 찬 이삭 오리 문장 출토된다.
저 책이 내 오독의 시선
오독오독 깨문다.

2
발길 닿은 지난날들 되짚어 불러 본다.
펼쳐진 골목골목 빼곡한 오독 자국,
날 구겨 쇳물에 넣고

주조 한 틀 다시 뜰까.

튤립

극채색 저 종소리,
어디서 나는 걸까.

미당가 정원에서
빨간색 꽃 피우는

아내가 꿈꾸고 있다,
별을 향한 종소리를.

옹당이 속의 우주

두 손을 오므리고 그러담은 옹당이
빗소리 다 마르자 별들을 불러낸다.
신발 끈 풀지도 않고 뛰어내리는 별빛들.

물속으로 들어간다. 뒤따라온 고요가,
빛 밝은 물웅덩이 눈에는 근심 걱정
행여나 바람 일면 어쩌나 애를, 애를 졸이는데,

난데없이 콩알만 한 돌멩이 그 하나가
쪼르르 굴러 들어와 물결을 일으킨다.
우주가 중심을 잃고 별들 허걱! 몸을 떤다.

산다는 것은

1
단풍나무 앞장서서 발보이는 색바람을
흘기죽죽 흘겨보며 옥생각 하다가도
어느새 깨다듬고는 발맘발맘 뒤따른다.

2
가을밤 감나무가 우듬지에 달 내걸자
귀뚜라미 뻐물고 공중제비 뛰어오른다.
둥근 달 또르르 또르 환하게 노래한다.

3
붓방아 찧어 가며 애면글면 태우는 속
가을이 뚜벙 들어와 내 붓을 쥐고 쓴다.
우리가 산다는 것은 조용히 물드는 것.

시래기 마른 손가락

팔순의 어머니가
들창문 밖 팔을 뻗어

허공의 새끼줄에
손가락 걸어 놓는다.

흙벽에 붙어 있던 적막,
흠칫 놀라 떨어진다.

부서질 듯 오그라진
손가락 한가운데

바싹 마른 울음소리
조심스레 벗겨 낸다.

켜켜이 쌓인 그리움이
나를 오래 물고 있다.

선운사 물고기

—목어 이야기

노을빛 바라보며 흘깃 보던 저녁 파도
바람의 날쌘 허리 담쏙 안고 펄쩍 뛰는데
옴맘마, 멜짱헌 하늘에 그 먼 난리다냐?

한 발 먼저 튀어 오른 샘바리 물고기가
태양을 덥석 문다, 날카로운 송곳니로.
징그라 징그랍당게 하이고 머덜라고?

어둠이 먹물 튀듯 떨어지는 한밤중에
뱃속에 뿌리내린 욕망 내장 다 태우고,
선운사, 선운사로 간 텅 빈 몸의 물고기.

동백꽃 꽃 피듯이 눈뜨는 용두어신.
범종각 올라서는 내 속의 깨친 마음도
화사한 목어 옆에서 눈 감을 줄 모른다.

벽은 벽이 아니다

발걸음 잡아매는
어둠은 벽이 아니다.

눈먼 사내 불꽃처럼
흰 지팡이 두드리자

저 벽이 무너져 내린다,
디딤돌이 놓여진다.

길 가는 눈먼 사내
환하게 바라보던

내 눈은 깨닫는다,
간절하면 된다는 걸.

장벽을 징검돌로 만들며
걸어가는 길 눈부시다.

실명한 날들의 기록
—고마운 아내에게

한 여자 걸어 걸어

맨발로 걸어 걸어

내 잠까지 걸어와서

어둔 눈에 별 키운다.

갑자기 환등 켜지듯

별빛 가득 차오른다.

슈퍼스타 무동

1

눈길을 확, 잡아끄는 화첩 속의 그림 하나.

무동도*가 날 싣고 날아간다. 상상 세계로,

그곳에 미리 와 있던 풀꽃들이 반겨 준다.

2

공연장, 무대 위에 둘러앉은 여섯 악사.

삼현육각 풍악 소리 절정에 다다르자,

푸르른 바람 소리 내며 저 무동이 가락 탄다.

눈길은 아래쪽에 오른발은 살짝 들고,

연둣빛 소매 끝을 위로 훽훽 휘날린다.

흥겨운 춤사위 장단에 관객들은 환호작약!

3

무동 향해 꽃대 뻗는 수천만의 민들레들,

슈퍼스타! 슈퍼스타! 환성 지르는 관중이다.

나, 벌써 민들레 되어 꽃대 뻗으며 열광한다.

* 단원 김홍도의 풍속화.

가마우지 낚시

목에 묶인 나일론 줄
목구멍이 조여 온다.

가쁜 숨 한 조각을
꺼내 무는 비정규직.

쭈뼛이 솟구치는 두려움
부리로 찢어 낸다.

몸 가득 차오르는 새끼들 울음소리,
그 소리 끝을 잡고 바다로 뛰어든다.
가쁜 숨, 길게 내뿜으면 아픈 시간 쏟아진다.

애써 잡은 물고기를
삼키려는 순간마다

기름 낀 손을 뻗어
노동자 목 훑어 댄다.

이 풍경, 움켜쥔 주먹에

울음꽃 피어난다.

탕탕평평 탕평책
—중흥 군주 영조대왕

갈고닦은 탕평 의지 손끝에 한데 모아

탕평비에 새겨 넣는
중흥 군주 영조대왕.

“군자의 마음은 신의 있고 아첨하지 않는 것이다.”

어느 쪽도 쏠림 없는 인재의 등용으로

붕당정치 사라지고
나라가 평안하다.

발고•도 꽃잎 물고 날아와 탕평비문 새긴다.

•비둘기.

단정학

—그리운 아버지에게

텅 빈 화면 같은

아버지 눈 속에서

학의 날개 투명하게

자라나던 그 어느 밤.

아버진 꿈속으로 들어와

날 태우고 날았다.

제4부

명랑발전소

캄캄 하늘 밀어내고
시조 꽃이 피어난다.

저 꽃은 새 하늘의
명랑한 태양발전소.

조용히 돌아가는 발전기
오색 햇빛 쏟아진다.

이른 아침 나팔꽃엔
분홍 전기 들어오고

키 작은 채송화는
색색 등불 켜고 있다.•

환한 길 걸어가는 개미,
발걸음이 명랑하다.

•송찬호의 「옛날 옛적 우리 고향 마을 처음 전기가 들어올 무렵」에서 일부 차용.

난, 밤하늘

1
별빛을 장전한 난,
캄캄한 밤하늘이다.

어둠뿐인 너의 몸에
투명 총구 조준한다.

이윽고 터지는 소리
찬란하게 반짝인다.

2
화려하게 빛나는 별,
네 눈 속에 배달된다.

암흑 속에 갇힌 눈아,
환하게 날아올라라.

오직 너, 별을 빛내 줄
배경이다, 까만 난.

함박꽃

그리운 이 생각날 땐

가슴속 꽃을 켠다.

함박 향 웃음소리

잡으려고 손 뻗으면,

어느새 사라지고 마는

아득한 어머니.

달려라, 소나무

푸르른 솔 옷깃이
바람을 펄럭인다.

백두대간 한달음에 뛰어오르는 저 소나무,

아찔한 낭떠러지 위를
내달리는 청년이다.

불끈불끈 튀어나온
장딴지 근육 보며,

청춘의 문장 하나 내 몸에 심어 본다.

갑자기, 젊은 허벅지가
내게로 들어온다.

끓는 꿈이 불뚝대는
가슴팍 내밀면서,

뛰어가는 네 뒤따라 향로봉*을 올라간다.

달려라, 달려라 소나무!

백두산 저 끝까지.

●북으로 올라가는 백두대간의 마지막 지점에 있으며(강원 인제군과 고성군의 경계) 분단의 철책 너머 백두산(통일)을 가기 위한 길목이다.

거울 파편이 자란다

시인의 시구 속엔
거울 파편이 자라난다.

자르고 닦은 문장
샘물처럼 흘러나와

눈부신 연못 거울 만든다,
달이 가득 차오른다.

가을 서정

수풀 속 귀뚜라미 일제히 울음 울자

앞산 뒷산 발 벗고 우르르 뛰어나와

오방색 물들인 몸으로 손나발 불어 댄다.

귀뚜리 말 들으란다, 어두운 귀를 열고.

귀뚤귀뚤 귀뚫귀뚫 이제야 귀 뚫린다.

저 깊은 울음의 말씀 깨다듣고 몸 붉힌다.

맑은 하늘 그 가을에 나 펄쩍 뛰어든다.

깨복쟁이* 친구처럼 감싸 주는 환한 가을,

서늘한 어깨 위로는 고운 햇살 부어 준다.

* '알몸 친구'란 뜻의 전라도 방언.

밥상

오브제 차려 놓은 시인의 밥상 본다.
하늘 담은 주발에서 솟구쳐 올라가는

빗살이 활짝 펼쳐진다,
방 안엔 해가 뜬다.

새벽이 불꽃처럼 피어나는 눈동자는
탕기에서 끓고 있는 강과 함께 TV 본다.

종지 속 종달새 부리가
스마트폰에 박혀 있다.

접시 위의 진달래꽃 보시기의 산과 구름.
쟁첩 위엔 독도 망언 뿔로 받는 지혜 염소,

염소야! 다음 차례는
무엇이냐, 밥상 위의.

대접만 한 사막에서 솟아나는 저것은?
우와! 쌍봉낙타구나, 낙타가 일어난다.

낙타가 문장을 태우고
밥상을 횡단한다.

어머니는 눈물로 온다

그리움의 문장들이
내 가슴 하늘 위에

구름으로 떠다니며
눈물비 뿌리는 곳,

그곳에 진달래꽃 핀다,
어머니가 화사하다.

파란 섬
—제주에서

바다에서 불어오는 고운 쪽빛 바람 위에
일제히 손가락 펼친 한라산이 연주한다.

저 소리 제 몸속 깊이
건반 넣고 오른다.

제주 새[•] 높이 날아 하늘에 구멍 내자
발효된 파란 주악 물감처럼 쏟아진다.

땅에선 푸른색 건반
무수히 돋아난다.

제주도 파란 섬은 그리움의 건반악기,
그 위를 걸어가면 환희 선율 젖어 든다.

한여름, 품고 가는 제주도
사랑도 품고 간다.

•제주를 상징하는 새. 제주큰오색딱따구리.

내 몸이 사막이었을 때

와르르 무너지며

바다로 걸어갔다.

모랫바닥 찍혀 있는

눈물 같은 발자국에서

굵고도 길게 난 뿌리가

물을 길어 올렸다.

바퀴벌레

—어느 청소부 이야기

1

입구 쪽 고요함이
와장창 깨지는 소리.

대머리독수리 같은
재벌 회장 날아든다.

화들짝, 놀란 청소부
벌레처럼 숨는다.

2

자본주의 문장들이
오역되는 그 순간에

내 안에선 와글와글
슬픔이 끓고 있다.

걸레 든 바퀴벌레의 눈,
불빛 눈물 담겨 있다.

만월

하늘에 떠오르는
순백색의 달항아리,

개구리가 저 속으로 펄쩍 뛰어 올라간다.

한순간, 커다란 달덩이가
개굴개굴 노래한다.

도공이 달 빚을 때
뚜껑을 열어 둔 걸

아무도, 뉘 아무도 눈치 채지 못한 걸까?

오늘은 나도 올라가
그 속 슬커시 거닐까.

모든 걸 너그럽게
감싸 주는 풍만한 달.

저 백자 달항아리는 둥글둥글 순한 달이다.

휘영청, 물속 새끼 개구리
눈 속에도 달이 뜬다.

몽당연필

모종밭에 가꾸어 온 모종을 집어 들듯,
서랍 속 몽당연필 손에 살짝 쥐어 보는데
채송화 꽃 피는 소리가 고요하게 들려온다.

백지 위 저 꽃춤이 서럽게 눈시울어
나도 거기 바닥에서 하나 되어 춤을 춘다.
춤사위, 춤사위 속으로 사람들이 뛰어든다.

들새처럼 까맣게 앉아 있는 저 문장이
땅꽃 같은 낮은 사람 태우고 올라간다.
환하게 나는 사람 앞을 몽당연필이 끌고 간다.

개살구나무

비바람 헤가르며
달려온 개살구나무.

그 속에서 누런 얼굴의
소년 하나 걸어 나온다.

막내야! 어머니의 목소리,
환청으로 들린다.

땅끝 바다

파도는 꽃잎이다, 좌르르 펼쳐지는.

활짝 핀 파도 한 잎 재갈매기 물고 난다.

선홍빛 해당화 같은 꽃향이 번지는 곳.

땅끝 그 꽃의 바다 바람 불어 물길 열면

초록빛 손가락으로 건반을 두드린다.

꽃잎이 피어오르듯 음표들이 피어난다.

땅끝 바다, 한 여자가 느닷없이 들어와서

몸 안의 음률들을 잠기도록 풀어 놓는다.

마르고 텅 빈 이 바다, 너를 만나 채운 환희.

산단풍

바람 불면 한 잎의 시,
새 울어도 또 한 잎의 시.

내 몸의 푸른 시구,
단풍 드는 늦은 가을.

허공에 울음 터뜨리며
천 잎 파지 날린다.

만취하다

하루는 또 하루는

한잔의 술잔이다.

오늘도 흔들리며

별빛 조각 줍는 사내.

취한 손, 캄캄한 몸속에

별 하나를 매단다.

비빔밥

한 사내 오색 생각

종류별로 잘게 썰어

방사형의 모양으로 쌀밥 위에 정렬한다.

상상이 만발하는 순간

질서는 와장창창.

누가 꾸는 꿈 때문일까?

섞고 비비는 손끝으로

어울림이 붉은 장미 한 짐 지고 달려온다.

저 사내 정형의 사유에도

맛깔스런 속살 있다.

저녁의 끝을 열고

놀 속에 내 손목이 적막으로 범람한다.
모래톱에 오목하게 앉아 있는 저 발자국,

저녁을 발그레 물들이는
열쇠처럼 반짝인다.

공중을 걸어오며 훨훨 타는 저녁놀이
와락 날 그러안자 황혼 나이 활활 탄다.

가슴속 긴 노을 조각,
휘어져 둥글어진다.

저녁의 끝을 열고 몸속으로 손을 뻗자
태양 하나 자라난다. 발자국이 일어선다.

병들어 어두운 사람에게
해를 옮겨 심는다.

고마워요, 물고기

짱그랑 소리 내며
눈동자가 떨어진다.

바닥의 어둠들이 일제히 일어선다. 저 어둠들 냇물처럼 졸졸졸졸 날 따라와 실명한 눈 속에 우묵하게 길을 낸다. 꿈속의 적막한 밤, 아내가 내 눈 속에 물고기를 넣어 준다. 벽 같은 캄캄한 길 홀연히 무너지고 맑은 빛 시내 되어 무겁던 발걸음이 사뿐사뿐 흘러간다. 신난 나는 물고기 등 올라타고 환한 꿈속 멀리멀리 날아간다. 지느러미 날개 되어 날아가는 물고기, 얼마를 날았을까. 물고기와 눈 마주친 우연의 그 순간에 꽃잎 같은 불빛들이 조용조용 피어난다. 꿈 밖의 저편에서 마누라, 마누라가 제 몸에 불을 붙여 촛불처럼 타오른다. 어둔 발 더 환하게 감싸 주려 살 태우는 아내의 눈물 속을 울음으로 걸어간다.

눈 가득, 어둠을 담고서야
아내 마음 보인다.

해설

어둠의 바닥을 환하게 밝히는 개안(開眼)의 언어
—배우식의 시조 세계

유성호

1.

배우식 시조집 『인삼반가사유상』은, 신산하고도 고통스러웠던 삶의 조건들을 통과하며 겪은 여러 경험의 고갱이들을 섬세한 미학으로 갈무리한 오랜 감각과 사유의 결실이다. 이미 시집 『그의 몸에 환하게 불을 켜고 싶다』(고요아침, 2005)를 통해 인간 실존의 한 극점으로서의 통증과 그 흔적을 기록으로 남긴 배우식 시인은, 2009년 『조선일보』 신춘문예를 통해 시조로 등단하면서부터는 정형 미학의 틀 안에서 더욱 깊은 감각과 사유로 자신의 삶과 기억을, 그리고 그 안에서 파생된 여러 가치들을 아름답게 노래하고 있다. 아닌 게 아니라 그는 등단 이후, 그 누구보다도 우리말과 가락에 대한 깊은 탐색을 통해, 그리고 시조만의 고유한 이미지와 상상력의 다양한 변주를 통해, 시조 시단에서 단연 눈에 띄는 탁월한 시편들을 써 왔다. 이번 시조집에서 그는 "오랫동안 캄캄했다./ 이제 비로소 활짝,/ 환하게 열리는 느낌이다"(「시인의 말」)라고 말했거니와, 그만큼 그는 육신의 차원에서도 '캄캄함'을 지나 '환함'으로 힘겹게 옮겨 왔고, 예술적 의장(意匠)의 차원에서도 새로운 미학적 개안(開眼)을 얻어 온 과정을 선명하게 보여 주고 있다. 스스로에게도 매우 중요한 기념비가 될 이번 시조집은, 그 점에서 근자 우리 정형 시단의 최대 수확 가운데 하나로 기록될 것이다.

2.

두루 알다시피 서정시는 현재형으로 새롭게 기억되는 과거의 경험 형식이다. 자연스럽게 그것은 현재에도 계속 경험되는 과거의 기억이 된다. 이러한 이중의 속성 곧 '흔적'으로서의 과거형과 '충만한 기억'으로서의 현재형이 서정시의 원리를 이루는 시간성의 핵심이라 할 것이다. 따라서 그것은 존재의 연속성을 포착하고 서술하는 '서사(敍事)'와도 다르고, 시간을 정지시킨 채 사물의 외관을 재현적 이미지로 그려 내는 '묘사(描寫)'와도 다른, '서정(抒情)'만의 시간적 원리가 된다. 배우식 시편들은 이러한 서정의 원리에 매우 충실한 기억의 산물로서, 과거 경험에 대한 직접적 회상 형식이 아니라, 자연 사물을 통한 오랜 시간의 축적을 통해 흔적으로서의 시간의 흐름을 선명하게 드러내고 있다.

바깥소식 궁금해진 버들붕어 송사리가
연못 속 꽃봉오리 하나 둘씩 밀어 올린다.

어느새 세상에 앉아
제 몸 여는 빨간 연꽃.

일제히 물고기의 말들이 날아오른다.
사람의 마을 향해 환하게 열려 있는

저 꽃은 빨간 우체통,
두근거리며 바라본다.

편지를 배달하는 체관 물관 분주하고,
글 읽는 말간 눈의 물고기가 보인다.

오늘도 연꽃우체통에
편지 한 통 넣는다.

—「연꽃우체통」 전문

자연 사물을 삶의 그 무엇으로 치환하고 비유하여 하나의 멋들어진 풍경을 연출하고 있는 시편이다. 연못 속에서 "바깥소식"을 궁금하게 여긴 "버들붕어 송사리"가 하나 둘씩 꽃봉오리들을 밀어 올리고 있다. 그 밀어 올림의 힘으로 어느새 수면에는 "제 몸 여는 빨간 연꽃"이 화사하게 열렸다. 그 순간 "물고기의 말들"이 날아오르고, 빨간 꽃봉오리는 사람의 마을을 향해 환하게 열려 있는 "빨간 우체통"으로 몸을 바꾼다. 두근거리는 마음으로 바라보던 그 '연꽃'은 분주하게 편지를 배달하고, 바깥소식을 궁금해했던 물고기들은 그 편지를 읽는 협업이 이루어진다. 어느새 '꽃'과 '물고기'에 동화된 시인은 그 "연꽃우체통"에 편지 한 통 넣음으로써, 곧 시 한 편을 씀으로써, 자연 사물과 소통하는 시인의 직능을 완성한다.

이처럼 '연꽃'을 매개로 하여 시인은 '소식-말들-우체통-편지-글' 등 문자적 소통을 환기하는 연쇄적 이미지들을 하나하나 배치함으로써, 오랫동안 서로의 안부를 묻고 소식을 전하며 살아온 자연 사물들의 존재 방식을 형상화한다. 이러한 사물과 사물, 사물과 내면 사이의 교신 양상은 '도라지'를 두고도 "도라지꽃 편지가/ 환하게 날 울린다"(「도라지꽃 편지」)라고 한다든지, "골짜기 물소리 담은 어머니의 편지 속엔// 물고기, 산새를 태운 채/ 환하게 날고 있다"(「참으로 신기하다」)라고 한다든지 하는 표현 속에 지속적으로 담기게 된다. 단순한 소묘나 묘사가 아니라 삶과 풍경을 매개하고 접속하는 이러한 방식은, 말할 것도 없이 "손안의 산새 소리가/ 문학론보다 경이"(「손등이 날갯짓한다」)로운 순간을 잡아채는 시인의 솜씨 때문에 가능한 것이다.

> 잔별이 입안 가득 어둠을 물고 있다.
> 포근 품은 어둠덩이 빛으로 부화되어

마침내 작은 별이 활짝, 입 벌려 빛 쏟는다.

아래로 날아오는 투명한 빛의 날개
또다시 허공 어디쯤 고운 풀로 변해 간다.

별빛은 꽃 피는 소리로 눈부시게 반짝인다.

빛 배인 하얀 꽃잎 공중에서 뛰어내려
저렇듯 메밀꽃밭 은하처럼 펼쳐 놓는다.

저 꽃밭 하도 황홀해 고요도 숨 멎겠다.

—「메밀꽃밭」 전문

나아가 시인은 '어둠/빛(하얀색)', '별/꽃', '허공(공중)/지상', '소리/고요' 등의 축을 서로 조응시키면서 눈부신 '메밀꽃밭'의 밤 풍경을 감각적으로 연출해 낸다. 이러한 역동적이고 환상적인 과정을 통해 시인은 가장 화려한 자연 사물들끼리의 존재 전이를 성취해 내고 있다. 시인이 형상화하는 천상의 이미지는 '잔별-작은 별-별빛-은하'인데 그 '별' 계열의 이미지들은 어둠을 가득 물고 빛으로 부화하여 지상으로 쏟아진다. '별' 이미지들은 "투명한 빛의 날개" 혹은 "허공 어디쯤 고운 풀", "꽃 피는 소리"로 확산되면서 마침내 "빛 배인 하얀 꽃잎"이 되어 메밀꽃밭에 닿는다. 그 순간 '메밀꽃밭'은 지상으로 쏟아진 "하얀 꽃잎" 곧 빛의 날개를 단 별들의 은하가 된다. 그 숨죽인 고요 속에서 꽃밭은 스스로의 힘으로 황홀을 더해 간다. 물론 그 황홀은 시인 자신의 것이고, 우리는 한밤 내내 이루어지는 그러한 고요한 감각의 향연에 흔연히 동참하게 된다. 이러한 밤 풍경은 "하늘에 떠오르는/ 순백색의 달항아리"(「만월」)라든지 "고요의 색 순백색은/ 볼수록 눈부시다"(「아내」) 같은 감각의 전율로 이어지게 된다. 이 모든 것이 배우식 시인이 포착한, "캄캄 하늘 밀어내고/ 시조 꽃이 피어난"(「명랑발전소」) 순간이라고 할 수 있을 것이다. 더불어 그것은 배우식만의 견고한 시적 건축학으로 우리 시조 시단을 밝히는 순간이 아닐 수 없다.

3.

또한 배우식 시인은 자신의 시적 감각과 사유를 확장하여 존재의 시원을 상상하는 데 매진한다. 이때 '시원(始原)'이란, 공간적 개념의 유토피아나 시간적 개념의 유년기를 에둘러 지칭하는 것이 아니다. 그것은 우리의 지각 형식으로는 가닿기 어려운 어떤 신성(神聖)한 것을 내장하고 있는 궁극적 가치이기도 하고, 훼손되기 이전의 어떤 정신적이고 영적인 경지를 간접화한 형상이기도 하다. 배우식 시인은 자신의 시편들에서, 삶의 비의(秘義)랄까 숨겨진 뜻이랄까 하는 것들을 직관하게 되고, 그 순간 경험한 정신적 고양의 순간을 토로한다. 때로 그것은 존재 갱신의 활력으로 작용하면서 시인 배우식을 아름답고 오롯하게 만들어 준다. 이러한 시편들이야말로 그의 시 세계가 감각과 사유를 밀도 있게 결속한 결실임을 보여 주는 핵심 사례라 할 것이다.

1
까만 어둠 헤집고 올라오는 꽃대 하나,
인삼꽃 피어나는 말간 소리 들린다.
그 끝을 무심히 따라가면 투명 창이 보인다.

2
한 사내가 꽃대 하나 밀어 올려 보낸 뒤
땅속에서 환하게 반가부좌 가만 튼다.
창문 안 들여다보는 내 눈에도 삼꽃 핀다.

무아경, 흙탕물이 쏟아져도 잔잔하다.
깊고 깊은 선정삼매 고요히 빠져 있는
저 사내, 인삼반가사유상 얼굴이 환히 맑다.

3
홀연히 진박새가 날아들어 묵언 문다.
산 너머로 날아간 뒤 떠오르는 보름달

그 사내 침묵 사유 만발하여 나도 활짝, 환하다.

—「인삼반가사유상」 전문

시인의 눈은 어둠을 헤치면서 솟아오르는 "꽃대 하나"를 응시한다. "인삼꽃" 피어나는 소리가 어둠 속에서 들리는 듯하다. 그 소리의 끝을 따라가면서 시인은 "투명 창"에 가닿는다. 이때 시인의 시선이 '창' 안쪽으로 이동하면서 "한 사내"가 등장하고 그 사내는 꽃대를 밀어 올린 후 스스로 "땅속에서 환하게 반가부좌"를 튼다. 창 바깥에서 안을 들여다보던 시인의 눈에도 "삼꽃"이 더불어 피는 듯하다. 그렇게 "무아경"이 찾아오고, 잔잔하고 말갛고 깊은 "선정삼매"가 고요히 가만가만 이어진다. 그때 '사내'는 "인삼반가사유상 얼굴"을 환하게 가지게 된다. 시인의 시선은 다시 창 밖으로 나와 홀연히 날아든 '진박새'와 '보름달'의 고요를 포착하고, 사내가 보여 준 "침묵 사유"를 통해 환하게 존재가 열리는 경험을 치른다.

이렇게 인삼꽃의 생태와 외관을 빌려 시인은 그것을 "선정삼매"와 "묵언"과 "침묵 사유"로 이어진 어떤 심층적 시원에 대한 갈망으로 바꾸어 놓는다. 이처럼 깊은 시원을 상상하는 시인의 품은 "'둥긂'은 삶의 이치 이제 겨우 깨닫고는/ 모난 마음 내던지고/ 환한 눈길"(「자전거는 둥근 것을 좋아한다」)을 얻어 내는 과정이나, "우리가 산다는 것은 조용히 물드는 것"(「산다는 것은」) 같은 잠언적 발화를 불러오게 된다. 결국 배우식 시인은 '침묵/고요/묵언'의 연장선상에서, 소멸

해 가는 것들에 눈길을 주고, 그 사라짐의 형식들을 돌보고 쓰다듬고 거기에 삶의 가장 아름다운 형식을 부여한다. 다음 시편을 보자.

> 강화 장날 친구 만나 건배하는 할아버지,
> 거나해진 벚나무도 연분홍 꽃 만발이다.
> 장터를 돌던 발길이 빵집 앞에 문득 선다.
>
> 등에 걸친 햇살 옷이 어느덧 노을빛이다.
> 찐빵을 품고 가는 가슴에는 등불 켜지고
> 그 밤길 걷는 할아버진 어두워지지 않는다.
>
> 마중 길, 할머니는 어둠 속 멀리 보려
> 잠망경 꽃대 올린 민들레 이고 간다.
> 이윽고 할배 눈 속에 할매가 뛰어든다.
>
> 집으로 가는 길은 정도 더 도타워진다.
> 둥글둥글 찐빵 한 입 먹여 주는 할아버지.
> 어느새, 할머니 대신 만월 하나 떠 있다.
>
> ―「어느 노부부 사랑법」 전문

'노부부'의 사랑은 서로를 격정으로 대했던 시간이 사그라지면서 이제는 서로를 위안하고 그저 곁에 있어 주는 사랑일 것이다. 할아버지가 장날 친구를 만나 한잔하고, 그

취기가 퍼져 벚꽃 연분홍으로 햇살 노을빛으로 차츰 번져 간다. 할아버지의 발길이 빵집에 잠깐 머물고, 이제 노을도 지고 할아버지는 할머니에게 건넬 "찐빵"을 품은 채 밤길을 걷는다. 빵이 켜 놓은 가슴의 등불 때문에 밤은 어둡지 않다. 할머니는 잠망경 꽃대 올린 민들레를 이고 마중을 나왔는데, 두 사람이 만나 "집으로 가는 길"은 보름달로 밝아 어둡지 않다. 물론 찐빵 한입 먹여 주는 할아버지 때문에 부풀어 오른 할머니 마음이 하늘로 옮겨진 것이 "만월 하나"일 것이다. 이처럼 시인은 사라져가는 '노을/어둠/밤길'의 시간을 '만월'의 이미지로 바꾸면서 그들의 사랑을 완성한다.

이러한 마음은 "장애인 노부부가/ 국밥 서로 떠먹인다.// 뒤틀리고 흔들리며/ 오고 간 손길 끝에// 고요히 매달려 있는 파랑,/ 나비 되어 훨훨 난다"(「나비파랑」) 같은 감동적인 발화와 함께, 기억상실증을 앓고 있는 어느 노(老)가수에게 "환한 빛 '봄비' 등불"(「봄비—박인수 형에게」)을 밝히는 마음으로 나아가기도 한다. 그리고 시인은 "단풍도 잘 들면/ 꽃보다도 낫겠다"(「단풍도 잘 들면 꽃보다 낫다」)면서, 막 피어오르는 존재자들보다 소멸 직전에 가장 아름다운 모습이 되는 존재자들에 착목한다. "오래된 상처는 별"(「상처는 반짝」)이고, "나를 오래 물고"(「시래기 마른 손가락」) 있는 그리움을 삶의 등대로 삼아, 시인은 "무구한 햇살 환하게"(「팔미도」) 내보내는 마음으로 오래된 것들의 절절한 마음을 전해 온 것이다. 오랜 시간 속에서 삶의 심미적 결구(結構)를 완성해 가는 미학이 거기 아름답게 펼쳐져 있다.

내 안에는 지하방의
슬픈 사연 켜져 있다.

'내 이름은 다문화, 다문화가 아닙니다.' 바닥에 방바닥에 깊게 새긴 아픈 자국 오열하는 문장 하나 아야, 아야 소리치며 지하방 방바닥을 어머니가 기어간다. 검은 피부 어머니는 언제나 다문화 어디서나 다문화, 말이 서툰 어머니는 조롱 경멸 다문화 무시 야유 다문화, '다문화'가 이름이다. 차별 이름 '다문화'에 맘이 죽은 어머니, 스리랑카 내 어머니 '다문화' 끌어안고 끝내는 몸이 죽어 이 하늘을 날아간다. 새가 되어 소쩍소쩍 울면서 날아간다. 2세인 나에게도 같은 반 친구들이 멸시하듯 '다문화' 부르면서 지나간다.

환하게 내 이름 민들레,
불러 줄 날 기다린다.

—「내 이름은 민들레」 전문

"지하방"과 "슬픈 사연"이 시편을 여는 순간, "민들레"라는 이름을 가진 한 소녀의 가정사가 펼쳐진다. "검은 피부 어머니"는, "다문화"라는 우리 시대의 사회적 뇌관을 마음 안쪽에 깊이 담고 있다. 그 어머니와 딸의 삶을 사설로 풀어 가는 중장은, 이 시편을 깊은 사회적 차원으로 나아가게 한다. 방바닥에 깊게 새긴 아픈 자국 혹은 문장은, 그들이 조롱과 멸시와 야유 속에 살아왔음을 알려 준다. 스리랑

카에서 결혼 이민 여성으로 이곳에 와 "다문화"라는 "차별 이름"을 끌어안고 종내는 새가 되어 하늘을 울며 날아간 그 '어머니'의 딸인 '나'는, "다문화"라는 차별의 이름 대신 "민들레"라는 엄연하고도 아름다운 자신의 이름을 불러 줄 날을 기다린다. 이처럼 시인은 시조집 곳곳에서 한국 사회의 구석에서 펼쳐지는 "자본주의 문장들이/ 오역되는 그 순간"(「바퀴벌레—어느 청소부 이야기」)을 기록하는 사회적 열정을 보여 준다. 그때 시인은 "바람이 울음의 상처 속에 꽃 핀다는 걸"(「가지치기, 뜻밖에 달뜬다」) 믿으면서, "장벽을 징검돌로 만들며/ 걸어가는 길"(「벽은 벽이 아니다」)이 얼마나 눈부신가를 우리에게 말해 준다. "죽은 듯 쓰러진 사람 온기를 다시 켜고// 가슴에 따뜻한 사랑,// 익어 가게 해 주고"(「암탉」) 싶었던 자신의 마음을 전해 주는 것이다.

그동안 우리가 겪어 왔던 가혹한 역사는, 우리 안팎의 상황을 폐허로 만들기에 충분한 것이었다. 성장 제일주의와 물신숭배의 폐허화 과정을 겪어 오면서, 우리는 그만큼 크고 빠르고 새로운 것만을 찾아다니며 정작 중요한 우리의 사회적 가치와 기억을 잃어버렸다. 오랫동안 축적해 온 생각의 깊이를 상실하고 정작 외형적 성장과 속도만을 숭앙해 온 것이다. 배우식 시인은 그 성장과 속도에 가려진, 작고 느리고 오래고 아름다운 것들을 발견하고 표현함으로써, 우리가 잃어버렸던 가치들에 대한 성찰 과정을 진중하게 보여 준다. 이때 씌어지는 시편들은 우리에게 깊은 성찰의 경험을 가져다 주고, 따뜻한 사랑의 마음을 회복하게 해 준다. 그만큼 그의 시편들은 우리 시대가 필요로 하는, 우리가 취해야 할, 이러한 역진(逆進)의 태도를 보여 주는 사례로 우리에게 다가오는 것이다. 따라서 우리는 배우식 시편이, 자연 사물의 감각적 재현이나 그것의 깊은 비유적 심층을 주조(鑄造)하는 데도 특장을 보여 주지만, 인생론적이고 사회적인 시선을 확장해 가는 모습 또한 개성적으로 보여 주었다고 말할 수 있을 것이다.

4.

재차 강조하지만, 배우식 시인은 의식 건너편에 있는 과거의 기억을 우리에게 생생하게 복원시키는 시법(詩法)을 통해, 단순한 풍경을 사생(寫生)하는 것이 아니라 그 안에 담겨 있는 시간의 흔적에 대해 그야말로 "고고학자처럼/ 조심"(「오독을 깨물다」)스럽게 사유하고 표현한다. 그러한 기억은 자신의 기원을 상상하는 쪽으로 나아가 실존적인 생의 형식에 대한 미세한 고백과 자각 과정을 보여 주게 된다. 이러한 시간 경험을 통해 시인은 자신의 존재론적 근원을 노래하고, 자신을 존재하게 한 가족들에 대한 이야기, 실명과 개안 과정 사이에서 얻은 삶의 비의들을 올올이 풀어 간다.

극채색 저 종소리,
어디서 나는 걸까.

마당가 정원에서
빨간색 꽃 피우는

아내가 꿈꾸고 있다,
별을 향한 종소리를.

—「튤립」 전문

종이처럼 납작해진 병상의 어머니를

의사가 몇 번이고 접었다 펴 놓는다.

어머닌 목만 길어져 학의 목을 하고 있다.

얇고 흰 숨 느닷없이 멈추고 간 어머니가

오늘 아침 가슴속에 복제되어 살아난다.

어머니, 태운 종이학 하늘 높이 날린다.

—「종이학을 날리다」 전문

극채색의 종소리가 들려오는 곳은 '튤립'이 빨간색 꽃을 피우며 시인에게 기운을 전해 오는 정원이다. 거기서 시인은 '꿈꾸는 아내'를 발견한다. "별을 향한 종소리"가 아내의 간절하고도 오롯한 꿈을 통해 잔잔하게 하늘로 피워 올리는 순간을 상상하는 것이다. 일찍이 "아내가 함박눈으로/ 쏟아지고"(「함박눈」) 있는 풍경을 통해 '아내'가 얼마나 소중한 존재인지를 말한 그는, 자신의 가장 중요한 기원에 '아내'가 있음을 여러 곳에서 노래한다. 그다음으로 시인은 '어머니'를 호명한다. 어머니는 "종이학"에 비유되고 있는데, 말하자면 병상의 어머니는 "종이처럼 납작해진" 채 의사가 몇 번이고 접었다 펴 놓은 '학' 모양을 하고 계시다. 그렇게 목만 길어지신 '어머니'는 내내 "얇고 흰 숨"을 멈추고 가셨는데, 새삼 시인의 기억 속에서 살아나시어, '종이학'에 타신 채 하늘 높이 날아가신다. 그렇게 '어머니'는 "함박 향 웃음소리// 잡으려고 손 뻗으면,// 어느새 사라지고 마는// 아득한 어머니"(「함박꽃」)이시기도 하고, "그리움의 문장들이/ 내 가슴 하늘 위에// 구름으로 떠다니며/ 눈물비 뿌리는 곳"(「어머니는 눈물로 온다」)에 계시기도 하다. 그 그리움의 원천인 '어머니'의 마지막 모습, 시인의 또렷한 기억, 그리고 그 기억을 현재화하는 '종이학' 날리기로 이어지는 이른바 '기억 제의(祭儀)'를 시인이 이토록 정성스레 수행하고 있는 것이다.

'어머니'는 "종이학"으로 표현된 반면, '아버지'는 "꿈속으로 들어와// 날 태우고 날았다"(「단정학—그리운 아버지에게」)에서처럼 "단정학"으로 명명되는데, 그렇게 아버지는 "감나무 문밖으로 홍시가 걸어 나왔다./ 늦가을 간절한 듯 붉게붉게 익은 얼굴,/ 달려가 바라다보면 환한 눈빛 아버지였다"(「감꽃아버지」)라는 회상에 짙게 서 계시다. 이처럼 '아내/어머니/아버지'는 한결같이 시인 자신의 삶 저류(底流)에 흐르는 존재론적 원천인 것이다. "꿈에서도 첩첩 불꽃"(「왕겨 불 같은—사랑하는 아내에게」) 타오르고 언제나 "환청으로"(「개살구나무」) 되살아오는 그러한 자기 기원들을 추구하고 탐색하는 시인의 의지가 아름답게 놓울치고 있다.

녹이 슨 거북이가 청동거울 바깥으로
발 하나 내밀고선 한 발짝 또 한 발짝,

내 꿈속 깊이 들어와 내 얼굴을 보듬는다.

깜짝 놀라 일어나서 만져 보는 동경 하나,
날 닮은 거북이가 캄캄했던 그 세월을

맨발로 밀어내는지 녹슨 조각 떨어진다.

밤처럼 어둔 시간 껴안고 산 청동거북,
첫새벽에 눈 내밀고 새 숨을 토해 낸다.

거북의 환한 미소가 티끌 없이 빛난다.

거북같이 실명 어둠 털어 내는 나를 보며
아내의 눈에서도 오랜만에 눈물 꽃이

무더기, 무더기 피어 거울처럼 반짝인다.

—「청동거북」 전문

이 시편은 "내 어둡고 허기진 눈"(「도라지꽃 편지」)의 "한순간 가슴까지/ 차오르는 캄캄함이"(「화사한 어둠」) 어떻게 "어두운 귀를 열고"(「가을 서정」) 마침내 "환하게 날아올라"(「난, 밤하늘」) 갈 수 있었는지를 보여 주는 명편이다. 시인은 녹이 슬어 버린 거북이 한 마리가 "청동거울 바깥"으로 다가와 얼굴을 보듬는 꿈을 꾼다. 놀라 일어나 동경(銅鏡) 하나를 만져 보는데, 그때 "캄캄했던 그 세월"을 밀어내는 상징인 듯 녹슨 조각이 떨어져 내린다. 어두웠던 시간을 껴안고 살았던 "청동거북"은, 새로운 첫새벽에 눈을 내밀고 비로소 새 숨을 쉰 것이다. 티끌 없이 빛나는 미소 속에서 이제 새 눈을 얻은 시인은 "거북같이 실명 어둠 털어 내는" 과정을 통해 "아내의 눈에서도 오랜만에 눈물 꽃이" 거울처럼 반짝이는 기쁨을 맞이한다. 이는 앞에서도 강조하였듯이, 육신의 실명 위기를 극복하고 새로운 육안(肉眼)을 얻은 배우식 시인의 실존적 드라마이자, 새로운 정신적, 미학적, 영적 안목까지 가지게 된 존재론적 갱신의 프로세스를 보여 주는 실감 있는 시편이다. 이러한 실감은 시조집 곳곳에 흩뿌려져 있는데, 다음 시편도 그와 같은 눈뜸의 감각적 경험을 잘 보여 준다.

쨍그랑 소리 내며

눈동자가 떨어진다.

바닥의 어둠들이 일제히 일어선다. 저 어둠들 냇물처럼 졸졸졸졸 날 따라와 실명한 눈 속에 우묵하게 길을 낸다. 꿈속의 적막한 밤, 아내가 내 눈 속에 물고기를 넣어 준다. 벽 같은 캄캄한 길 홀연히 무너지고 맑은 빛 시내 되어 무겁던 발걸음이 사뿐사뿐 흘러간다. 신난 나는 물고기 등 올라타고 환한 꿈속 멀리멀리 날아간다. 지느러미 날개 되어 날아가는 물고기, 얼마를 날았을까. 물고기와 눈 마주친 우연의 그 순간에 꽃잎 같은 불빛들이 조용조용 피어난다. 꿈 밖의 저편에서 마누라, 마누라가 제 몸에 불을 붙여 촛불처럼 타오른다. 어둔 발 더 환하게 감싸 주려 살 태우는 아내의 눈물 속을 울음으로 걸어간다.

눈 가득, 어둠을 담고서야
아내 마음 보인다.

—「고마워요, 물고기」 전문

이 사설시조 한 편으로 배우식 시인은 "바닥의 어둠"에 처해 있던 자신을 일으켜 세워 '환한 길'을 찾아 준 아내에 대한 헌사를 깊이 갈무리한다. 쨍그랑 소리를 내면서 떨어진 "눈동자"가, 어둠을 담고서야 비로소 보게 된 "아내 마음"을 따라간다. 바닥의 어둠들이 일제히 일어서 시인을 따라와 "실명한 눈 속"에 길을 낸다. 그때 꿈속에서 '아내'가

넣어 준 "물고기"는, 마치 앞의 "청동거북"처럼, "벽 같은 캄캄한 길"이 무너지고 맑은 빛이 흘러가는 배경 속에서 시인을 태우고 멀리멀리 날아간다. "물고기"와 눈 마주친 바로 그 찰나에 시인은 "꽃잎 같은 불빛들"을 보게 되고, 아내가 제 몸에 불을 붙여 촛불처럼 타오르는 환각을 경험한다. 어두운 눈을 환하게 밝히면서 스스로의 살을 태우는 "아내의 눈물 속"에서 시인은 "물고기"가 데려다 준 '개안'의 감동 속을 "울음"으로 걸어간 것이다.

그렇게 시인의 아내는 시인의 '눈뜸'에 헌신적인 역할을 하였다. "한 여자 걸어 걸어// 맨발로 걸어 걸어// 내 잠까지 걸어와서// 어둔 눈에 별 키운다.// 갑자기 환등 켜지듯// 별빛 가득 차오른다"(「실명한 날들의 기록—고마운 아내에게」) 혹은 "햇빛이 먼저 알고// 젖은 어둠 파고든다.// 환하게 물드는 아내// 햇빛 향기 솔솔 난다"(「햇빛 향기」) 같은 고백적 표현을 통해 시인은 지속적으로 자신의 등대이자 지남(指南)이자 반려자로서의 아내를 마음 깊이 부른다. 그렇게 환한 눈을 찾아 준 아내와의 동행 길에서 시인은 그 기억들을 저리 환하게 바라보면서, "시마 걸린 그 마음"(「칸나꽃남자」)으로 "까맣게 앉아 있는 저 문장"(「몽당연필」)이 "샘물처럼 흘러나와"(「거울 파편이 자란다」) 자신을 물들이고 종국에는 자신의 시조 미학을 완성해 가게끔 하고 있는 것이다.

5.

우리는 서정시가 사적(私的) 감정의 숙주나 개체적 발화 양식에 머무르는 것이 아님을 잘 알고 있다. 배우식 시편들은 서정시가 적극적 생의 의지가 숨 쉬는 언어의 집이요, 그것을 통해 세상과 만나고 세상을 열려는 촘촘한 열망의 상상적 기록이라는 것을 힘차게 알려 준다. 그것이 사물이든 내면이든 시간 자체이든 시인은 그것을 생의 의지와 견고하게 결합함으로써 우리에게 존재의 깊이를 한껏 경험케 해 준다. 이렇게 배우식 시편들은 생에 대한 단아하고도 견결한 관조와 표현으로 우리 시대의 모든 이들에게 공감을 준다. 그 점에서 이번 시조집은 배우식 시인의 시적 안목과 솜씨 그리고 철학이 모두 녹아 있는 기억할 만한 성과로 남을 것이다. 그만큼 시인은 정형 양식을 통해 "청춘의 문장 하나 내 몸에 심어"(「달려라, 소나무」) 본 후 "알알이 튀어 오르는// 환한 문장들"(「칠산바다의 석양」)을 지나 "정형의 사유에도// 맛깔스런 속살"(「비빔밥」)이 엄연하게 존재함을 온몸으로 보여 준 것이다.

지금까지 우리가 읽어 온 것처럼, 배우식 시조는 어떤 시편을 인용하더라도 거의 상관없을 정도로 풍요롭고 또 균질적이다. 감각의 충실성과 시간 인식 그리고 사물의 기억에 대한 자각을 통해 그는 오늘도 빼어난 시조를 쓴다. 이는 모두 시인 자신의 유니크한 경험들이, 대상과 수평적 관계를 형성하면서, 자연스런 공감으로 구체화되는 과정에서 완성되는 것이다. 그리고 그것은 대상과의 불화나 그 사이의 균열보다는 친화와 동화의 과정이 육화된 것일 터이다. 그만큼 배우식 시조는 섬세한 현대성과 균형 있는 시조성(時調性)을 동시에 구현하면서, 정격의 형식과 내용을 심미적으로 담아냈다고 할 수 있다. 그래서 우리는 그의 다음 시조집이, 생애 깊숙이 도사리고 있던 '어둠의 바닥'을 환하게 밝혀 낸 개안의 언어를 지나, 더 눈부신 존재론적, 사회적, 우주적 시편들로 나아갈 것을, 깊이 소망해 보는 것이다.